鈍牛の肥後狂句三昧

エッセー＆評釈＆自選句

野方鈍牛

県民文芸賞表彰式で肥後狂句部門の講評をする著者（令和５年12月）

高森峠に立つ、肥後狂句中興の祖とされる中島一葉翁の句碑。
「大自然　地位や名誉のむぞらしさ」の句が刻まれている

ＮＨＫ「クマロク！」のスタジオで（令和４年２月）

70回目を迎えた熊日肥後狂句大会（令和６年６月）

和気あいあいと開かれた長松家のファミリー句会（令和6年元日、46頁「狂句がつなぐ親族の絆」参照）

はじめに

私は今年、八十歳になった。傘寿である。日本人男性の平均寿命（令和五年、八一・〇九歳）に近づいた今、ふりかえってみるとあっという間の人生だったように思う。両親も逝き、同級生の訃報や老いの便りも届くようになった。もう猶予は出来ない。そこで肥後狂句に取り組んだ証を残さねばと一念発起、句集づくりを決意した次第である。

体力、気力の衰えにムチ打ちながら、編纂作業に入った。十年ほど前にエッセー集を出したことはあるが、句集は初めてのこと。構成は、一部がエッセー集、二部は評釈集、三部は自身の句を集めた自選句集とした。いずれも肥後狂句に関することばかりで、肥後狂句尽くしの三部構成。タイトルも「鈍牛の肥後狂句三昧」と決めた。

第一部は、前回のエッセー集出版以降、社外の雑誌等に寄稿した肥後狂句に関するエッセー類と書き下ろしのエッセーの計八編を揃えた。第二部の評釈集は皆さんの句に評釈をつけたもので、主体は令和二年（二〇二〇）から五年にかけて熊本日日新聞紙上に掲載した「きょうの肥後狂句」欄からの転載。紙幅の都合ですべてを収録できなかったことについてはお詫びを申し上げたい。そのほか狂句大会や各狂句会の月例会での秀句に評釈をつけたものを合わせ、計二百句を掲載した。第三部は自選句。三十数年の間に自分で作った句は優に一万句を超す。数はいっぱい作ったが、いずれも駄作ばかり。苦労して百句を選んだが、皆さんの批評に耐え得るかどうか。批判は甘んじて受けたい。

肥後狂句は、もっこす、わまかしといった熊本独特の精神風土と熊本弁が相まって根付いた短文芸。人情の機微、世相風刺を得意とする庶民の文芸だ。普段使っている平易なことばで、紙と鉛筆があれば、一人で、どこでもできる。老化防止にはもってこいの趣味である。高齢者の生きがいにもなっている。八年前の熊本地震のとき、「私たちには肥後狂句がある。肥後狂句で壊れた家は直らないが、復興に立ち上がるエネルギーにはなる」と句友に訴えた。おかげであの惨禍をみんなで乗り越えることができた。

そんな肥後狂句だが、愛好者は年々減って長期低落傾向にある。熊本に根付いた肥後狂句を次の世代に残していくのが、今を生きる私たちの使命と考えている。この本は作り方のハウツー本ではないが、一人でも多くの方に肥後狂句に関心を持っていただくきっかけになれば幸いだ。

野方鈍牛さんの出版に寄せて

熊本日日新聞社代表取締役会長
熊本県文化協会協力会会長
河村邦比児

テレビ番組の「肥後狂句」を何気なく聞いていると、思わず正面から向き合う形になりました。分かりやすい解説に狂句の神髄と思える熊本弁のおかしみ。何より画面に映し出される「野方鈍牛」さんの顔に我に返りました。熊本日日新聞社の社会部記者時代、デスク、部長として指導を受けた野方正治さん、その人だったからです。

「鬼」にたとえられる新聞社のデスクですが、野方さんはどちらかといえば、噛んで含めるように言い聞かせて記者を動かすタイプでした。今も鮮明に覚えているのは「難しいことはやさしく、やさしいことは深く…」の言葉。小説家で劇作家の井上ひさしの言ですが、当時はまだ知る由もありませんでした。

しかも同僚記者と意見が一致したのは「野方さんは文章がうまい」。自らの原稿に手を入れられるのは気分のいいものではありませんが、元の原稿よりいい出来になれば、うなずかざるを得ません。幾度もそんな思いを味わいました。

今一度テレビに戻ると、投句の添削、評が実にわかりやすい。ハタと膝を打ちました。結論を先に逆三角形に文章を書き進める、新聞記事の書き方そのものだったからです。

しかし、野方さんが肥後狂句連盟の会長を務め、ましてテレビに出られるほどの狂句界の重鎮とは、ついぞ知りませんでした。肥後狂句との結びつき、そして「鈍牛」なる号の由来は、この著作のご自身のエッセーに譲るとして、当時の社会部は水俣病問題、オウム真理教の波野村進出、免田栄さんの再審無罪判決など、県内外から耳目を集める、歴史に足跡をとどめる時期だったことは確かです。当然、野方チームもフル稼働です。号こそ鈍牛ですが、むしろせっかちな印象が強く残っています。以来、約30年。

「忙中閑あり」とはいっても制約があります。それでもなおかつ、狂句に打ち込まれた野方さんを引き付けたものは何でしょう。

肥後狂句中興の祖と言われ、肥後狂句連盟初代会長を務めた中島一葉さんの代表句、「大自然　地位や名誉のむぞらしさ」の言い切りの見事さ。大自然を前にすれば人間の存在がいかに小さいか。野方さんの気持ちを揺さぶるに十分だったのでしょう。大忙しの新聞記者の元締め、逆に言えば、だからこそ、狂句に向き合う野方さんには、狂句人としての視点を磨く格好の時期だったといえるかもしれません。

この著作に紹介されている評釈集は、選者としての野方さんの姿勢がうかがえます。一見、世相を切るようで人間愛が出ており、バラエティーに富み、投句者とともに楽しむ視点が伝わって来ます。中島一葉さんに通じる世界と思えてなりません。

そして、皆さんに特に目を通していただきたいのは、野方さんのエッセー集です。「短文芸に秀でた人は文章がうまい」。表現の枝葉を切って、エキスを残す。俳句をかじる程度の私の持論ですが、新聞記事から短文芸に進んだ野方さんにも同じ印象を持ちます。句材に真正面から取り組みながら、ユーモアにあふれ、狂句につながる「世の中は面白いものだ」と思わせられる視点を感じられるはずです。自分自身を率直に語り、時にほろっとさせ、読み手の気をそらさない。何より野方さんが自作の「温っ

たかさ　狂句がつなぐ家族愛」「残さなん　肥後の狂句は宝もん」として、狂句の行く先に危惧を抱き、その振興、発展の先頭に立ち続けられていることです。

これこそが、前出の井上ひさしの言葉のその後に続く「まじめなことを愉快に、そして愉快なことはあくまで愉快に」の体現と思えてなりません。野方さんの出版を心から祝し、皆様には是非、一読をお勧めいたします。

目次

エッセー集

熊本の風土が育てた肥後狂句

時々、「趣味は何ですか」と聞かれる。「ハイ、肥後狂句を少しやっとります」。すると大半の方が「肥後狂句って何ですか」と聞き返してくる。一昔前であれば熊本には肥後狂句という面白い短文芸があるということはたいていの人が知っていた。それが今は肥後狂句を知らないという人が結構いるのだ。昭和のまだカラオケがなかったころ、職場の忘年会では前もってみんなに句を作ってもらい、宴会の席で秀句を披露。それを肴に宴が盛り上がったものだった。時代の流れを感じざるを得ない。

私が肥後狂句を始めたのは三十数年前。年齢も四十代後半でたいした趣味もなく、定年後の生き方を少しずつ考え始めていたころだった。そのころ肥後狂句中興の祖と言われる中島一葉さん（肥後狂句連盟初代会長）の句「大自然　地位や名誉のむぞらしさ」と出会って感動したのを覚えている。大自然の前で人間がいかにちっぽけな存在であるかを詠んだ句で、地位、名誉、出世競争などに狂奔する人間心理をここまで表現できる肥後狂句のすごさを知った。中島一葉さんは①小手先の技でなく句作の「心」を大事に②野卑に陥らず低俗に堕せず――を信条にした人で、後に続く私たちの指針となっている。

そんなころ、たまたま会社のソフトボール大会で突き指をして、会社近くの河野副木さん

(故人)が院長の整形外科に通った。河野先生は、治療そっちのけで「肥後狂句を始めんですか」と熱心に勧誘された。これがきっかけで肥後狂句の道へ。むろん在職中はそんなに時間的余裕もなく、所属する句会に投句するだけ。本格的に始めたのは完全に仕事を離れた十年ほど前からである。

根っこに熊本の精神風土

肥後狂句は熊本の精神風土の中で生まれた短文芸である。熊本県人の県民性として挙げられるのが、「もっこす」と「わまかし」。もっこすは、筋を通す、一徹など、悪く言えば石頭、分からず屋などの意味がある。わまかしは、冷やかす、はぐらかす、まぜっかえす、といった斜に構えた県民性を指す。これらの県民性に熊本弁が相まって独特の短文芸に育ってきたのが肥後狂句。世相批判、人情の機微を詠むのを得意とする。川柳が全国版とするなら、肥後狂句は熊本版と言えば分かりやすいか。

その肥後狂句の起源だが、『熊本県大百科事典』(一九八二年、熊本日日新聞社刊)の中で島崎作家淋氏(肥後狂句連盟第二代会長)が触れているので引用する。

（肥後狂句の）起源には二説がある。加藤清正のころからとする説、細川氏入国の後とするもの、川柳と前後して天明年間（一七八一～八九）に始まったとするものであるが、文献としては天明五年のものが現存する。形式は俳諧の連歌の流れをくんだ冠り付けではあるが、その課題（笠）は五字と限定されない。冠り付けであるから笠を必ず上に置き、方言を取り入れた日用語で七・五の十二字で付け句をすることになっている。かつては叙景を主とした国俳と呼ぶものと、叙情的な狂句とがあったが明治中葉ごろから庶民生活に根を下ろした狂句が主流となり現在に及んでいる。

その後肥後狂句は、庶民の言葉遊びとして発展してきた。作り方は笠を頭に置き十二音で付け句をする。付け句は七・五、五・七が基本だが、日本人の琴線に触れるのは七・五調。日常の話し言葉で作る。熊本弁は存分に使っていいが、熊本弁が入っていないと駄目ということではない。きゃ、きゅ、きょなどの拗音（ようおん）は一音、小さい「っ」は促音と言い、一音に数える。字余り、字足らずは認められない。句はリズム感があって、情景が目に浮かぶようなのがいい。また、句を作る際心がけてほしいのは笠を十分に吟味して、笠に合った付け句をしてほしい。そんなに難しいことではないので皆さんも挑戦してはいかが。頭の体操にはもってこいだと思いますが……。

雅号にも個性

ここで狂句作家が使っている雅号について触れてみる。ペンネームである。狂句仲間で呼び合う時は雅号を使う。雅号は知っているが本名は知らない、というケースもある。

かつてこんなことがあった。「我楽多（がらくた）」を名乗る句友がいた。ある時電車の中で見かけた人が「がらくたさーん」と大声で叫んでいる。呼ぶ方は親愛の情を込めて叫んでいるのだが、呼ばれた本人は周りの目もあり困惑したという。この人はその後、雅号を「曲水」に変えたという。曲水の宴からとった優雅な雅号になった。俵曲水さんのことだが、この人もすでに故人。

私は鈍牛を使っている。性格的に小器用な生き方ができず、のろまでも愚直に進むしかないということからだ。私にもこんな経験がある。ある時、宅配便の配達員さんが「親御さんはどうしてこんな名前を付けられたんですか。困ったことはないですか」と心配そうに尋ねられた。「いや、これはペンネームですから」と説明したら納得してくれた。でもそれ以来郵便や宅配便の差出人になる時は本名と雅号を併記することにしている。

雅号の付け方を見ていると個性があって面白い。その一部を紹介すると―。現・肥後狂句連盟会長の橋本芳孫さん。祖父が「芳生」、父が「田々寸」という狂句一家の三代目。若い時から肥後狂句に取り組み、作句、読み上げに優れ、肥後狂句の歴史にも精通している、肥後狂句の申し子みたいな人だ。雅号は芳生の孫だから芳孫にしたという。進梅陽さんは三味線を習っていた時の社中が「梅の陽（あか）り会」だったことから採った。出田大六さんは江津湖の下流、大六橋の近くで育ったことから大六を雅号にしている。

長松好魚さんは魚が大好き。釣ってさばいて、食べるのも大好き。一度あら炊きを一緒に食べる機会があったが、そのむしり方は芸術品だった。きれいにむしって骨だけ残した見事な食べっぷり。これだけきれいに食べられれば魚も本望だろう。「さすが名人　釣って捌いて食べ上手」はその時私が彼に進呈した句。ちなみに弟さんは孫が大好きということで好孫、甥御さんは麺類が好物ということで麺好という雅号を持っている。狂句の「狂」を雅号に取り入れているのが長瀬狂介さん、高井龍狂さんら。変わったところでは「水夢」（すいむ）という雅号の人がいる。不知火会の会員で元オリンピックの水泳選手だった佐藤好助さん（八二）。泳ぐを意味する「スイム」からとったという。「今も泳いでますか」と尋ねたら、「いや、今泳ぐとうんぶくれそうだから」と狂句作家らしい、愉快な答えが返ってきた。

本名をそのまま雅号にしている人も多い。肥後狂句連盟第五代会長の豊田大徳さん。雅号と思っている人も多いようだが、実はこれは本名。父方、母方双方の祖父から「大」と「徳」を一字ずつもらって付けた名前という。本職はお医者さんだが、肥後狂句、魚釣りはじめ多彩な趣味を持つ。何より肥後狂句連盟会長として立派にリーダーシップを発揮された。まさに名前の通り大きな徳を持った人である。残念ながら令和五年（二〇二三）に鬼籍に入られた。

見えてきた課題と対策

閑話休題、本題の肥後狂句に戻る。狂句を取り巻く環境を見ると極めて厳しい。狂句人口の減少と高齢化、レベルの低下、ジュニアの発掘、結社離れなど取り組むべき課題は見えてきている。

令和四年（二〇二二）七月現在、狂句連盟傘下に二十三団体（句会）、二百五十五人の会員がいる。ほとんどが高齢者だ。昭和五十八年（一九八三）の三十三団体、五百三十七人と比較すると約四十年の間に会員数は半減したことになる。その後会員数は平成二十三年（二〇一一）に四百五十三人、令和元年（二〇一九）に二百七十七人、令和六年に二百四十人と長期低落傾向にある。

最も歴史が古く、投句者も多かった熊日肥後狂句大会。昭和の時代、大会当日の参加者は三百人を超えることもしばしばだったという。ブラジル等海外からの投句もあり、〝世界選手権〟の異名をとったこともある。そんな大会も、令和四年には投句者が百五十一人、当日の参加者が六十九人と激減している。

近年狂句のレベル低下を指摘する声もある。狂句人口の減少とレベルの低下は同根と言える。狂句人口の減少ですそ野が小さくなれば当然山の高さも低くなる。レベルアップのためにも狂句人口の増加は喫緊の課題だ。それと結社離れもある。これは肥後狂句だけの現象ではないが、同人の結社に加わらず新聞などへの投稿だけを楽しむ人たちが結構いる。句友と切磋琢磨する中で技量は急速にアップするもの。各句会への参加を勧めているが、なかなか実を結ばない。今後も引き続き勧誘を進め、底辺拡大、句のレベル向上につなげていきたい。

ジュニアの育成も課題の一つ。これについては青少年の健全育成を目指す一般財団法人「熊本公徳会」が平成十六年（二〇〇四）から高校生を対象に俳句、短歌、自由詩、肥後狂句の四部門で公徳文芸賞を始めた。肥後狂句については年々応募が増えており、令和三年（二〇二一）の第十八回には千百十二人、二千六百九十二句の応募があった。またＮＨＫ熊本放送局も令和四年一月から令和六年十月にかけて計三回、小中高生を対象とした子供向けの肥後狂句を公募、優秀句を番組で紹介した。子供たちの作品は粗削りながら、素朴でひたむきな思いが伝わってきた。さらにＮＨＫは令和四年五月、一般向けに「みんなで肥後狂句」と題する公開収録を開催した。これらの企画はいずれも好評だった。この辺に底辺拡大、ジュニア育成のヒントがあるように思う。

肥後狂句は先人が残してくれた地方文化である。この地方文化と熊本弁を次の世代に引き渡せるように知恵をしぼってがんばっていきたい。

肥後狂句　絶やしちゃならん文化の灯　鈍牛

（くまもと文化振興会発行　総合文化誌「ＫＵＭＡＭＯＴＯ」令和四年九月号へ寄稿したものに加筆）

参考文献

・熊本日日新聞社熊本県大百科事典編集委員会編『熊本県大百科事典』（一九八二年、熊本日日新聞社発行）
・冨永兆吉『兆吉の肥後狂句』（二〇〇三年、熊本日日新聞社発行）
・肥後狂句連盟編『肥後狂句連盟創立五十周年記念誌』（二〇〇九年、肥後狂句連盟発行）
・肥後狂句連盟編『肥後狂句連盟創立六十周年記念誌』（二〇一九年、肥後狂句連盟発行）

人生を決定づけた出会い

人の一生では、人とか言葉とか趣味とかでいろんな出会いがある。後で振り返るとそれが人生のターニングポイントになる出会いだったことに気づく。ここでは私が経験した三つの出会いに触れてみたい。

一つ目はＮＨＫで放送されたテレビドラマ「事件記者」。昭和三十三年（一九五八）から四十一年まで放送された人気番組だ。夕食を食べに入った食堂で見たような記憶がある。才能、集中力、根気のいずれもが欠如する自身の能力から法曹界への道は早々と諦め、将来をどうしようかと考えていた時期だった。各社の記者が激しい特ダネ競争をしながら、夜は仲良く酒を酌み交わしている。こんなに楽しそうな世界があるのかと思い、進路は新聞記者、それも事件記者にしぼった。青臭いながらも正義感みたいなものは持っていた。運よく郷里の地方紙に採用され、事件を担当する社会部で長く仕事をすることができた。

ある時警察回りをしていて刑事課長と雑談中に職業選びの動機の話になった。私がテレビドラマがきっかけで新聞記者になったという話をしたら、その刑事課長が言うには「ここにいる刑事の大半が『太陽にほえろ』（昭和四十七年～六十一年まで日本テレビ系で放送された人気の刑事ドラマ）を見て、刑事を志望したんですよ」という話をしてくれた。みんな同じだと改めて思った。ただ、新聞記者も刑事も実際の仕事はドラマみたいにカッコ良くないことは後で知った。

仕事の現場　ドラマみたいにゃいかん婆婆　鈍牛

二つ目は就職活動をしていた昭和四十年代の初めごろ、友だちの紹介で、ジャーナリストで政治評論家の宮崎吉政さん（大正四年～平成十八年）にお会いしたこと。宮崎さんは大学の先輩であり、読売新聞の論説委員などを歴任し、テレビのニュースキャスターもされた人。的確な評論をされる人だった。宮崎さんの言葉で印象に残っているのは「これからは必ず地方の時代がやって来る。君は地元に帰って地元のために頑張りなさい」と励まされたこと。新聞記者を目指す気持ちは固まっていたが、東京にするか、熊本に帰るか迷っていた時期でもある。都会の砂漠のような殺伐とした人間関係に少し疲れていた時期でもあった。腹は決まった。今振り返ってみると、やっぱり熊本に帰ってよかったと思っている。それは読者との距離が地方紙のほうが圧倒的に近いからだ。

ところで地方の時代は来たのか。人口は減るばかりで、小学校の統廃合が相次ぎ、商店街はシャッター街に。地方の時代は来ないどころか、経済界有志らでつくる「人口戦略会議」の推計では、例えば熊本県の四十五市町村のうち十八市町村は消滅の可能性があるという。地方の復権は、地元の人たちの意識改革はもちろん必要だが、それ以上に地方への権限と財源の移譲なくしては実現できない。結果は、東京の一人勝ちで、地方は疲弊するばかりだ。東京も地方も栄えてこそ国の発展はあると思うのだが……。

地方の時代　掛け声だけではってぇた　鈍牛

三つ目はすき焼きのこと。私は貧しい農家の三男坊。下にはまだ弟妹もいた。とても東京の私大に行ける余裕はない。でも早稲田にどうしても行きたいと両親を説得、「毎月一定額を仕送りしてもらう、後の不足分は自分で稼ぐから」という条件で東京へ行った。家庭教師、デパートの売り子、ビル建築の工事現場、など長期短期のあらゆるアルバイトを経験した。食べていくことの大変さを知ったが、友人の中には一銭の仕送りもなく、生活費も学費もすべて自力で稼ぐ人もいて、私はまだ恵まれている方だったと思う。ただ苦しい中で仕送りをしてくれた両親と長兄夫婦には今でも感謝している。

そんな貧乏学生が初めて食べたすき焼きの味は、半世紀以上たった今も舌が覚えている。大学卒業を間近に控えた昭和四十二年（一九六七）二月。友だちの家に招かれて送別の宴を開いてもらった。その時食卓の上においしそうなにおいの鍋があった。一口食べるとお肉が口の中でとろけるようだった。こんなおいしい料理は初めて食べた。友だちのお母さんに

「これは何という料理ですか」と聞いたら、私に恥をかかせないように、小さな声で「すき焼きというのよ。まだお肉はいっぱいあるからうんとお食べなさい」と教えてくれた。すき焼きという名前は知っていたが、食べるのは無論初めて。「この世にこんなにおいしい料理があるのか」と感心した。「食べたいときにすき焼きを食べられるようになりたい」。このすき焼きが、その後の生きるエネルギーになったのは言うまでもない。ただ中間管理職になってすき焼きが食べられるようになったら、「すき焼きは砂糖をふんだんに使うから」と家ではあまり食べさせてもらえない。今は年に二、三回だろう。それでもすき焼きにはただ「ありがとう」を言いたい。松島の絶景に言葉を失い、「松島や　ああ松島や　松島や」と詠んだ先人がいたが、その伝でいくと、「すき焼きや　ああすき焼きや　すき焼きや」（鈍牛）ということになる。

自分の来し方を振り返ると、好きな仕事をして、老後は肥後狂句三昧と、恵まれた人生だったと思う。いろんな出会いに感謝したい。

川の名前と郷土愛

平成三十年（二〇一八）八月のこと、小さな新聞記事が目に留まった。阿蘇郡産山村を流れる大野川水系・玉来川《たまらい》の名称を旧称の「山鹿川《やまが》」に戻してほしいという村の要望に対し、蒲島県知事が「村民の幸福量の最大化につながる」として、近く国交省に名称変更を要請するというものだった。

玉来川は、産山村の池山水源から大分県竹田市までの三十四キロ。このうち産山村区間は十二キロ。地元の地名を採って山鹿川と呼ばれていた。それが昭和四十一年（一九六六）、一級河川に指定されたのを機に、大分側の下流の玉来川に名称が統一された。平成三十年（二〇一八）二月、村の「子ども議会」で中学生から「校歌にも出てくる山鹿川に戻してほしい」との声が出たのをきっかけに、署名活動もあって村が立ち上がった。

その地域で生まれ育った人たちのふるさとの川への思いは強い。その名称に県外の地名をつけられたら川への親しみも薄れてしまう。地元の要望を汲んで、国交省は令和元年（二〇一九）七月、山鹿川に戻すことを決めた。子供たちの願いは通じたのだ。たかが小さな川の名称一つだが、地元のことは地元で決めるという地方自治の原点からすれば画期的な成果だと思う。

郷土愛　名前返して村の川　　鈍牛

ところで川の名称と言えば、ずっと疑問に思っていることがある。日本で一番長い信濃川だ。この川は、埼玉、山梨、長野の県境付近の甲武信ヶ岳を源流とし、長野県、新潟県を突っ切り日本海に注ぐ。名称は長野県を流れる時は千曲川、新潟県に入ってからは信濃川と名前を変える。川の名称はその地名から採るのが通常なら、越後川と呼ぶべきではないか。越後の人たちはそれで納得したのだろうか。その辺の疑問を新潟市に住む知人に聞いたことがある。知人は「生まれた時から信濃川だったから、そんなことは考えたこともない。言われてみればそうだが…」。その後いろいろ調べてみたら、信濃の国から流れてくる川だから信濃川と名付けられたらしい。川上から川下まで信濃川なら分かるが、長野では千曲川、新潟で信濃川とは……。

例えば我が国の三大暴れ川の一つと言われる筑後川。水源は阿蘇郡南小国町の瀬の本高原。田の原川、杖立川、三隈川などを経て福岡県に入って筑後川となり、有明海に注ぐ。もしこの川に肥後や阿蘇の名前がついて筑紫平野を流れるなら福岡県南部の人たちはどう思うだろう。

ここに登場した三つの川に限らず、地元の人たちは川の名前に愛着を感じ、その恵みに感謝する。川はふるさとそのものかもしれない。

胸ェ来ん　越後の国に信濃川　　鈍牛

（毎日ペンクラブ熊本機関誌「せんば」へ掲載したものに加筆。平成三十年）

あの青空をもう一度

子供の頃に描いた絵には、どれも雲一つない青空があった。青空の下には、稲刈りの終わった田んぼと民家があり、庭には柿の実がたわわに実っていた。子供の頃から、人の心を和ませる、そんな青空が大好きで、絵を描く時青空は欠かせないアイテムだった。そして今、私の記憶の中には、忘れられない青空がある。

昭和三十九年（一九六四）、東京で初めて開かれたオリンピック。この大会は、戦後日本の復興を世界に印象づけるものだった。ただ私が感動したのは、そのことよりも開会式の日のあの青空の美しさだ。十月十日、東京の国立競技場。前日の雨がスモッグを洗い流したのか、上空は雲ひとつない青空が広がっていた。この日が好天になる確率が高いことなどから選ばれたらしい。参加した選手や応援の人たちも、この青空には感動したに違いない。開会式の中継を担当したNHKテレビの北出清五郎アナウンサーの第一声は、「世界中の青空を全部東京に持ってきてしまったような素晴らしい秋日和でございます」だった。この名文句は今もなお語り継がれているという。

その頃の私は大学二年生。通っていた大学の体育館が競技会場となったため、期間中授業は休講となった。貧乏学生には競技を見るとかいう余裕は全くない。いいアルバイトの期間をいただいたとありがたかった。開会式の朝、アルバイトに行く途中、見上げた空の青さが、今も強烈な印象として網膜に焼き付いている。人工的にはつくり出せない青さで、これまで見たどの晴天よりもすばらしいものだった。

最近は空をながめて物思うこともめっきり減った。忙しすぎるのか、年老いてものぐさになってしまったのか。子供の頃はよく空を見て、将来のことを夢見たりしたものだ。青空は、生きる力も与えてくれたように思う。もう一度、東京で見たあんな青空を見てみたい。その青空を思い起こしながら作った句。

天高し　絵の具じゃ出せん空の青　　鈍牛

（毎日ペンクラブ熊本機関誌「せんば」に掲載したものに加筆。令和元年）

肥後狂句は熊本の貴重な宝

仕事の第一線から離れて一年半。会う人ごとに「毎日何をしていますか。退屈でしょう」と言われる。「結構忙しい毎日で、楽しくやっています」と答えると、相手の方は予想した答えと違ったのか、一瞬戸惑いの表情を見せる。

誰にも、仕事と別れる時が来る。勤め人には定年がある。自営業の人でも、体が言うことをきかなくなったり、感覚が時代についていけなくなった時、仕事を離れることになる。日本人にとって一番の生きがいは仕事と言われる。その生きがいに別れを告げることは、寂しく、つらいことである。

現役時代と仕事を辞めた後では、環境ががらりと変わる。毎日が休みで、時間はたっぷりある。これまで付き合ってきた人たちとの関係は遠くなるし、現役時代の仕事ぶりとか地位とかは何の役にも立たない。仕事を辞めた後の第二の人生をどう生きるか、それが大きな問題である。どちらかというと、年金や貯蓄など、経済面に関心は向かいがちだが、それと同じくらいに大事なのはどれだけ心豊かな気持ちで老後を過ごせるか、ということだと思う。

私の場合、現役中に老後をどう生きるかについて、先輩からくどいほどのアドバイスを受けたことがある。それは、趣味でも地域活動でも何でもいい、仕事に代わる生きがいを見つけておけ、それも定年になってからでは遅い、十年ぐらい助走期間があった方がいい――というものだった。

　その頃出会ったのが肥後狂句だった。中島一葉さん（故人）の句に「大自然　地位や名誉のむぞらしさ」というのがある。人間心理の機微を突いた名句に感動し、いつか自分もこんな句を作ってみたいと思っていた。とは言っても仕事が忙しく、そのままになっていた。そんな時、肥後狂句作家の河野副木さん（後に県芸術功労者）に勧められ、これがきっかけで狂句作りを始めた。初めは同人会へ投句するだけだった。今月は何点選ばれたとか、秀句にいただく短冊をもらったとか、そんなことが楽しみだった。句会に出席するようになったのは仕事をリタイアしてから。秀句の読み上げを耳で聞くのは非常に勉強になることを知った。それからは句作りが一層楽しくなった。

　そのうち選者を依頼されるようになった。選をするのは大変な作業だが、これもまた勉強である。投句者それぞれの発想や表現の仕方に学ぶことは多い。すべての愛好者を対象にした全県の大会も年に数回ある。こうした肥後狂句中心の生活に、時折ゴルフ、スイミング、孫の相手をちりばめ、結構忙しい毎日である。何より楽しいのがいい。おかげで落ち込んだり、濡れ落ち葉になったりしている暇はない。有り難いことである。これから定年へ向かう人たちには何か生きがいになるような趣味を現役の時から探しておくことをお勧めしたい。

肥後狂句に戻る。狂句人口は年々減っている。高齢化も進んでいる。肥後狂句連盟の登録会員は四百人を切った。新聞、テレビの狂句コーナーに投句するだけの人もいるため狂句人口はもう少し増えるが、それでもこのままいけば、いずれ肥後狂句は消えてしまうのではないかと心配されている。貴重な郷土の文化である。何としても次の世代に残していきたい。

残さなん　肥後の狂句は宝もん　　鈍牛

（熊本県文化協会機関誌「熊本文化」平成二十八年二月号へ掲載されたものに加筆）

頭の体操にもってこい

熊日「きょうの肥後狂句」欄の選者を務めて二カ月余り。驚いていることが二つある。一つは投句の多さ。投句はがきは一回の締め切りごとに二五〇～三〇〇通ある。句数にすると千数百句。このうち採用されて掲載されるのは百句前後。採用率は一割にも満たず、選者としては申し訳ない気持ちもある。もう一つは、高齢者の多さ。はがきに年齢が書かれていないものもあり、正確には分からないが、七割ぐらいが七十歳以上と思われる。お年寄りがこの欄を楽しみにしている証左だろう。

ここで印象に残った二人の「かわかみ」さんに触れておく。一人は熊本市の川上初代さん（雅号・玉水）。百歳のおばあさんだ。今もかくしゃくとしておられ、「長生きの秘訣は肥後狂句」と言い切る。「歩け歩け　でこぼこ道も娑婆だもん」という句が掲載された。

もう一人は熊本市の河上義徳さん（雅号・河童上陸）。八十歳の視力障害者（弱視）。十年ほど前から見よう見まねで狂句作りを始め、今は一番の楽しみという。採用句は「歩け歩けベッドの周り一歩ずつ」。二人とも年齢を感じさせないみずみずしい句だった。

投句される人にお願いしたいのは、紙面に載る確率が低くても投句を続けてほしいということ。投句をするということは、句の材料を探し、どう句にするかという作業が日常的に発生する。この過程が高齢者にとって最高の頭の体操になると思うからだ。

強ぇ味方　老いに寄り添う肥後狂句　鈍牛

（令和二年九月十三日付　熊日読者ひろば投稿）

（著者注）川上玉水さんは令和六年（二〇二四）四月、百四歳で死去されました。「肥後狂句のおかげでぼけもせず、長生きできました」と長男の正宏さん。

ラジオ番組で世相詠む

平成三十一年（二〇一九）二月、ＲＫＫラジオ「すみママの陽気にいこぅ！」に出演する機会をいただいた。令和六年八月現在もある長寿番組で、ゲストが週ごとに交代して、司会のすみママとおしゃべりする。私の場合、月曜～金曜の五日間、「喜怒あい楽」のテーマで、毎日五分間、世間話や世相風刺をして最後は狂句で締める形にした。その時の内容を誌上に再録する。

▽月曜　喜

私は先月、後期高齢者になりました。その誕生祝いに孫からもらったプレゼントに感激しました。小学三年の男の子が仏像の絵を、幼稚園の男の子がペンギンの絵を描いて、「お誕生日おめでとう。長生きしてね」と添え書きがしてありました。絵も上手なんですが、何物にも代えられないお祝いです。私にはこの二人を含め四人の孫がおり、四人とも近くに住んでいます。どの子も可愛いですよ。孫のいない人には申し訳ないんですけど、孫は宝物だと思います。そこで一句。

至福の時　肩揉みィ来るもみじの手

▽火曜　怒

今の世の中、理不尽なことが多いですね。怒りを覚えることが多すぎます。最近では、厚生労働省の統計調査の不正、財務省の文書改ざん、障害者雇用の水増しなど、公務員の劣化が目立ちます。頭脳集団と言われる公務員のモラル、志はどこへ行ったんでしょうね。

もう一つ腹が立つのは、全国各地で問題になっている、あおり運転です。車を運転される方はクラクションを鳴らされたり、パッシングされたり、怒鳴られたりした経験があると思います。ハンドルを握ると人格が変わるんでしょうかね。もう少しおおらかな気持ち、寛容な心が欲しいように思います。そこで一句。

あおり運転　車載カメラは見逃さん

▽水曜　あい

喜怒哀楽の「あい」は哀だが、「陽気にいこぅ！」のタイトルにはそぐわないようです。ここでは明るく「愛」を使わせてもらいます。この歳になると、肉親の情愛、同級生の友愛について思うことが多いですね。今の自分があるのは親のおかげと思います。貧しい中で大学まで出してくれた、両親の無償の愛には感謝あるのみです。これまで大きな病気もせず来られたのも、健康な体をくれた親に感謝です。子供、孫を持って初めて親の有り難さが分かったような気がします。
同級生の有り難さも実感しています。私の小学校の同級生は二カ月に一回、集まって親交を深めています。減ることはあっても増えることのないのが同級生です。旅立った友も大分いますが、残った友は大事にしていきたいと思っています。そこで一句。

クラス会　そっちも負けずやっとるか

▽木曜　楽
私は高校野球のファンです。楽しみは来月甲子園球場で開かれるセンバツ高校野球に熊本西高が出場することです。地域貢献などが評価されての、二十一世紀枠での出場ですが、はつらつとしたプレーを見せてほしいものです。熊本地震からもうすぐ三年になります。復興も道半ばで、仮設暮らしの人もたくさんいます。熊本西高の健闘は、そうした人たちにも元気を与えてくれると思います。そこで一句。

がんばれ西高　肥後の風吹く甲子園

▽金曜　陽気になれる曲と言葉
曲は、坂本九さんの「上を向いて歩こう」です。

熊本地震からやがて三年になります。復興は本格化していますが、まだ道半ばです。仮設住まいの方もまだ二万人近くおられます。こうした人たちを元気づけるためにこの曲を選びました。実は八年前の東日本大震災の時、この「上を向いて歩こう」と「アンパンマンのマーチ」が被災者を大変勇気づけてくれたそうです。

言葉は、「心の復興」です。蒲島県知事は「復興は、心の復興から」とよく言われます。私も肥後狂句の仲間には、地震直後から、「肥後狂句で壊れた家は直らない。でも復興に立ち向かうエネルギーにはなります。がんばろう」と言い続けています。そこで一句。

復興へ　力生みだす肥後狂句

狂句がつなぐ親族の絆

肥後狂句は庶民の短文芸である。ユーモアがあって作りやすい、誰でも気楽に参加できるということから、親子や兄弟姉妹で楽しんでいるという話はよく耳にする。しかし、これが親族挙げての狂句会となればあまり聞いたことがない。親族の新年会を兼ねた珍しい狂句会があると聞いて飛び入りで参加した。

令和六年（二〇二四）元日の夜。熊本市西区春日の長松好魚さん（72歳）宅。好魚さん、実弟の本田恵天さん（70歳）＝熊本市西区戸坂町、末弟の長松好孫さん（68歳）＝下益城郡美里町＝の三兄弟の家族ら、大人から子供まで総勢二十人余りが集まった。新年の挨拶を交わし、しばらく懇談のあと、さっそく句会が始まる。選者は本家の当主好魚さん。簡単な作り方の説明があり、句作りに移った。乱吟といって、その場で出された笠（お題）に合わせ即興で十二音の付け句をするというもの。笠は子供の部が①新学期②席がえ、大人の部が①すびくねぇ②新年早々―の各二つ。十五分間で二句つくる。

それぞれが指を折ったり、ぶつぶつ独り言を言いながら真剣に取り組んだ。選者が集まった句から優秀句を選び、読み上げていく。そのたびに歓声や拍手が沸く。大半が狂句には素人で字余りなども若干あったが、全体的には面白い句、世相をえぐった句が揃っていた。

最後に最優秀の天賞の発表。天賞に選ばれたのは、子供の部が「席がえ　ポカポカ陽気ねむくなる」。作ったのは好魚さんの孫の瀧下百花さん。福岡市在住の小学三年生だ。席替えで窓際に変わったのはいいが、陽気のせいで眠くなってしまうという句。経験句だろうか、素直に詠んでいる。

大人の部は「すびくねぇ　財布の中も大寒波」。好魚さんの長女で東京在住の原口貴和子さん（44歳）の作。財布も風邪をひいて寂しいという句。「大寒波」が句を引き締めている。財布が風邪をひいた、財布が空っぽす、といった表現よりインパクトがある。

この会は終始、みんな明るく、心底から楽しそうだった。好魚さんの話によると、「兄弟は仲良くして」が口癖だった祖母と母の教えが浸透し、兄弟仲はとてもよく、盆と正月にはいつも集まっていた。そして十数年前、三兄弟が肥後狂句の作家だったこともあり、「みんなで狂句会をやったらどうか」という話になったという。今では子供や孫たちも待ち遠しいと思うような恒例行事になった。この新年句会がないと年が明けた気がしないという声もある。

好魚さんの長男の妻の恵さん（40歳）にも話を聞いた。彼女は鹿児島県出水市の出身。肥後狂句のことは全く分からず、熊本弁もよく理解できなかったそうだ。「初めは戸惑いましたが、主人や義父（好魚さん）に尋ねながら次第に覚えました。今では大体分かるようになり、人の句を聞くのも、句を作るのも楽しいです」と話してくれた。出身地が鶴の渡来地であることから、「美鶴」の雅号も持っている。
好魚さんは「この狂句会をみんな楽しみにしているし、ずっと続けていきたい」と話していた。元々あったファミリーの和やかな空気に加え、肥後狂句の存在がその結びつきをさらに強めたのではという思いがした。辞去する時、正月の風は冷たかったが、私の心はなぜか温かさに満たされていた。

温ったかさ　狂句がつなぐ家族愛　　鈍牛

（文中の好魚、恵天、好孫は雅号。年齢は令和六年一月一日現在）

評釈集

絶好調　外野はみんな眠っとる　（八分字　青木精一）

投手の調子が良くて外野はヒマだ。付け句が笠に近すぎると笠の説明に終わり、離れすぎると笠外れになる。この句にはほどよい距離感がある。

胸ェ来ん　配った数と合わん票　（阿蘇西原　芥川りょう子）

選挙事務所内のひそひそ話だろう。違反の金品でも有権者に配ったか。配ったしこ票が来てないと嘆いているところ。でも違反はいけません。

どうぞ　ここは下座じゃなかつかい　（植木　浅川有水）

上座に座りたい人、上座は嫌という人。さまざまだ。ここは前者の方。下座に案内されいたくご不満の様子。人間の器量がひっと出たようだ。

デパ地下で　社長も今日は妻の供　（山鹿　阿蘇品宗馗）

会社の中では厳しい表情を崩さない社長も、家庭では普通のお父さん。今日は奥様のお供でデパ地下へ。荷物持ちだ。社長さんも人の子だった。

まあまあ　お天道さんは見ておらす　（長嶺西　荒木正魚）

子供の頃、大人からそう教えられた。でも今の子には通用しまい。それより防犯カメラやNシステムが見とると言った方が説得力がありそう。

右往左往　都会の免許持っとらん　（山鹿　荒木洋佑）

久しぶりの東京。電車の乗り換えが分からない。もたもた歩いていると人にぶつかる。やっぱ熊本が良か。「都会の免許」という表現が光る。

釣瓶落とし　お使いの子が気にかかる　（合志　安藤玄白）

秋の夕日はあっという間に沈む。日は暮れたが、使いに出した子供がまだ帰らない。そこへ子供が帰ってきた。気をもんでいた親もホッとした表情。

気の利いて　箸並べらす居候　（山鹿　五十嵐たつごろう）

「居候三杯目にはそっと出し」。厚かましいようでも居候も人の子、万事遠慮がち。箸を並べているのは、居候にできるせめてもの感謝の意思表示。

折角なら　郷土紙添えて送ろばい　（和水　池田茜）

東京での学生時代。実家から届く小包に熊日が入っていた。故郷の香りをかみしめてむさぼり読んだ。遠く離れて知る故郷の有難さ、だ。

気のせく　新幹線も遅せえもん

（天草　池田イルカ）

速いことの代名詞として使われる新幹線。しかし、急用で利用する時は、気がせいているため遅く感じるもの。いらだつ気持ちが目に見えるよう。

おろいか　なし育てん子生んだつか

親による子供への虐待や育児放棄の事件が後を絶たない。育てる気がないのなら、産むなと句は言う。こんな親に、父や母になる資格はない。

（本荘　池田お縁）

水増し　あなた思いの薄い味

晩酌のウイスキーか焼酎か。水で割って薄めにして出す。「これはあなたの健康を案じてのことよ」と目が訴えている。妻の思いやりに感謝しなきゃ。

（和水　石原かわせみ）

足の踏み場も　期待ふくらむ窯開き

窯元の窯開き。丹精込めて作った茶碗や皿の出来に関係者、訪問客の期待が膨らむ。庭いっぱいに作品が並び、足の踏み場もないほどの盛況だ。

（田崎　石本みずき）

約束しよう　禁酒祝いに酒五勺《しゃく》　（出水　井手三休）

友達が禁酒宣言をした。悪友が「君が禁酒したらお祝いを持っていく」。その約束通り持参したのが少量とはいえお酒。禁酒の開始は翌日からで決着。

どうろこうろ　刑事の面になってきた　（神水　出田大六）

元刑事の父が、跡を継いだ息子の風貌を見て一人前になりつつあると実感しているところか。職業が顔をつくると言われるが、本当らしい。

弱ったなァ　票は半分でけんどか　（長洲　伊藤一升）

不可能な話と分かっているが、心情的には同感だ。複数陣営から頼まれた時、一票を二分割して〇・五票にするなら、両者に投票できるのにと思う。

一二の三　背中たたかれ歌い出す

（出水　伊藤月知）

カラオケに慣れない人の場合、歌い出しが分からない時がある。そんな時はベテランの人に背中をたたいてもらう。カラオケを覚えるのも大変だ。

気の利いて　おしぼりも出るおままごと

（高森　伊東てまり）

「パパ、お帰りなさい。お風呂にしますか、お食事にしますか」。「食事にしようか」。「ハイ。まずおしぼりをどうぞ」。ままごとも大人社会の反映だ。

じきたくり　土の匂いのおまけつき

（八代　稲田栄子）

知り合いの農家の人が採れたてのダイコンやニンジンを届けてくれた。いま畑からとって来たのか、泥がついたまま。その心根がうれしい。

増えたねぇ　今に菊陽市になるぞ　（菊池　井上エミ子）

菊陽町は世界的半導体メーカー「ＴＳＭＣ」の進出でちょっとした市並みの人口規模に。経済効果は大きいが、交通渋滞や水問題など心配な側面も。

珍しさ　冷えたビールの減っとらん　（和水　井上りんどう）

猛暑の季節。喉を蹴たくっていく冷えたビールの旨さは格別。冷えたビールが減らんのは、奥様が補充しているから。内助の功に感謝だ。

大騒ぎ　第三でやれビールかけ　（甲佐　井元あざみ）

プロ野球などで、優勝祝いの際ビールかけをする。これには「もったいない」という声もある。値段の安い第三のビールでやれ、と句は言う。

無精者ン　脱ぐと寒かて風呂入らん

（花園　岩尾早苗）

お風呂は身も心も温めてくれる。ものぐさな人は常に断る理由を付ける。夏なら多分こう言うだろう。「くそ暑いのになぜ熱い風呂に入るのか」。

熱帯夜　お国自慢じゃ触れぬまま

（小峯　岩男友房）

東京での集まり。それぞれの〝お国自慢〟が出る。熊本なら阿蘇、天草の自然、豊かな人情などは出ても、〝肥後のべた凪〟は出しづらいか。

ごゆっくり　あの名作が出来た部屋

（小峯　岩男ひとみ）

文豪が愛用した部屋。そのまま残っているところもある。そんな部屋に一度は泊まりたい。ちょっとでいい、文豪の気分に浸ってみたいものだ。

心配すんな　つわりじゃないか喜べよ　（宇城　岩本弘子）

嫁が気分が悪いという。どこか具合でも悪いのかと病院で診てもらったら、「おめでたですよ」。待望の妊娠だ。素直に初めての妊娠を喜びたい。

がまだし者ン　社長のイスはいつも空　（花立　上田輝男）

現場からたたき上げてきた社長さんだろう。現場に学ぶ姿勢を崩していない。社長室に座っていないから、事務方は決裁印をもらうのもひと苦労。

願い叶わず　ゴルフ保険は払うだけ　（美里　上田野菊）

ゴルフをする人なら一度はしたいホールインワン。まぐれということもあるからとゴルフ保険に入ったはいいが、とうとう使わずじまい。残念。

ぎすもばすも　王手もさせてもらえない（甲佐　上田梅清）

笠は、にっちもさっちもいかない、という意味の熊本弁。棋力に差がある場合、実力の劣る方は王手すらさせてもらえないのだ。

味の良さ　大根が味引き立たせ（菊池　上村〇子）

煮物、サラダ、漬物と食材としての大根の用途は広い。主役ではないが、脇役の王様と言ってもいい。味のしみたブリ大根なんか最高だ。

減るばかり　夢と希望と背丈まで（美里　氏原きりん）

歳をとってくると、若い頃の夢や希望はしぼみ、おまけに背たけまで縮んでくる。寂しいけど、何か目標を見つけそれに向かって生きていきたい。

居座って　次に来たネコ追っ払う

（江津　江口廣子）

いつの間にか居ついた野良猫がもう家族の一員気取り。そこへやってきた野良猫を追い返したところ。何となく人間社会をほうふつとさせる。

気さくな　奥さんで持つ地元票

（山都　江藤義雄）

選挙に夫が出た場合、意外と集票の力になるのが、候補者の奥さんの存在。奥さんの人柄と普段の言動で浮動票の行方が決まることがある。

毎日毎日　体重計に泣き笑い

（十禅寺　大田黒光恵）

痩せたい―。その一心で人々はダイエットに励む。体重計に乗ってその結果をみる。少し減っては喜び、逆戻りしてはがっくり。一喜一憂が続く。

変かしら　家族全部がかぜひかん

（熊本市荒尾　大西子葉）

「馬鹿は風邪ひかん」ということわざは、鈍感さゆえに風邪をひいてもその症状を自覚しないということらしい。でも風邪をひかんのは健康な証拠。

そぜとる　思い出だけは捨てられん
（熊本市荒尾　大西大伸）

「そぜる」は、いたむ、ボロボロになる、の意。あらゆるものが時間とともにそぜていくが、青春の思い出だけは年をとらないのだ。

善は急げ　まぁだ彼氏はおらんてぞ
（荒尾　岡村幸子）

世話好きのおばさんが、気立てのよさそうな女性を探してきて、男性にお見合いを勧めている場面。男性には有難くもあるが、迷惑かもしれない。

欲の深さ　まーだ整形し足らんか
（武蔵ヶ丘　奥田ねの子）

美しくなりたい—。それは人間の究極の願い。整形手術で美しくなるのもいいが、度が過ぎると親からもらった美しさはなくなってしまいますよ。

信じられん　ユーチューバーが憧れに　（月出　小塩博文）

子供たちの憧れの職業にユーチューバーがある。「それって何なの」と孫に聞けば「そんなのも知らないの」と馬鹿にされそう。

つまらん　もう仲直りしたつかい　（弓削　鬼崎行男）

人が不幸になれば蜜の味がして幸せな感情になるという。仲直りされたのでは面白くない。人の不幸を喜ぶのは不謹慎だが、人間の本能かもしれない。

右往左往　あれが青春だったつか　（合志　甲斐悠介）

希望と夢に満ち溢れ、一方で挫折や回り道をしたりしながらひたむきに突き進んだ若い頃。今思えばあれが青春だったのかもしれない。

元気かい　今ピーポーで移動中　（山都　梶原公希）

狂句的で面白いやりとり。「元気しとるかい」と友から久しぶりの電話。こっちはそれどころじゃない。「いま救急車で運ばれているところ」。

後回し　彼岸行きより五能線　（水前寺　片田成子）

最後はみんなが行く冥土への旅。でも急いで行くことはない。それよりこの世の旅行を楽しみたい。そうだ、冬の日本海を見る五能線の旅に出よう。

歩け歩け　ベッドの周り一歩ずつ　（京塚本　河童上陸）

ケガか病気か。手術から日がたってリハビリが始まった。まずはベッドの周りを一歩ずつ歩く。歩ける喜びがあふれている。全快の日まで遠くない。

口説かれて　彼に幸せ賭けてみる　（黒髪　釜賀正寿）

男も女も連れ合い次第で人生が左右されることが多い。熱心に口説かれ、「この人となら」と心を決めたなら、相手を信じて真っすぐ進むことだ。

大騒ぎ　孫が立ったの歩いたの　（玉名　上濁口康恵）

「這えば立て立てば歩めの親心」ということわざがある。幼子の成長を楽しみにする親心が目に見えるようだが、最近は祖父母にその思いが強いようだ。

善は急げ　仏滅なんて言うとれん　（広木　川上玉水）

縁談がまとまったところか。何はともあれ、めでたい。仏滅だってかまうもんか。結納や挙式を急げと言う場面。笠にぴったりの付け句だ。

知らんふり　記憶あるけん無かて言う

（山鹿　川上火男）

国会での証人喚問や答弁などで「記憶にない」がまかり通る。肝心なところだけ記憶にないという。重宝な言葉だが、国民は信じていません。

信じられん　満点の妻持ちながら

（御船　河地由奇）

美人で気立てが良くて頭脳明せきで…。理想的な奥様像だが、夫からすれば息がつまるのか、不協和音も。夫婦のことは夫婦にしか分からない。

甘い話　孫にはいつもイエスマン

（玉名　河村佐和子）

孫は神様が祖父母にくれた宝物という。可愛いばかりで、どうしても甘くなりがち。孫のおねだりに「ノー」の答えは持ち合わせていない。

元気かい　軒に戻ったつばくらめ
（渡鹿　神田一笑）

「燕はまたも来たけれど　恋しい吾が子はいつ帰る」。「あゝモンテンルパの夜は更けて」の一節だ。フィリピンの戦犯収容所が舞台の切ない歌だが、ツバメの句を見ると、この歌と重なり胸が熱くなる。戦争のもたらす罪過は大きい。

グニャグニャ　水面の月が風に酔い
（甲佐　北川直美）

水面に月が映っている。きれいな満月だ。そこへ一陣の風。たちまち水面の月がグニャグニャにゆがんだ。趣のある、きれいな叙景の句だ。

自信たっぷり　試験前夜も大いびき
（上天草　切通竹子）

受験に備えやるべきことはすべてやった、と自信に満ちあふれている。こんな受験生もいるのだろう。凡才から見ればうらやましい限りだ。

やせ我慢　たばこの香り泣こごたる　（国府　久保田馬齢）

禁煙中にたばこの香りがしてきた。ここは禁煙できるか、逆戻りするかの分岐点。もう少しの辛抱だ。禁煙の辛さ、葛藤がよく表れている。

人生百年　後は霞で食いつなぐ　（山鹿　黒田如水）

人生百年時代という。長生きは結構だが、二千万円の老後資金がない人も居る。お金はどうする？　仙人みたいに霞を食って生きていくか。

友来たり　そう言えば改選の時期　（四方寄　神鷹紬子）

久しぶりに友だちが訪ねて来た。再会を喜んだものの、頭の中は「何の用で来たのか？」。選挙目当ての訪問と分かり、適当にお引き取り願った。

ヒビの入り　保守と保守とが一騎打ち　（城山下代　上妻旅好）

保守系候補の調整がつかず一騎打ちに。いわゆる分裂選挙だ。激しい選挙戦になり、支持者も戸惑い気味。終わった後もしこりが残るのは必定。

Lサイズ　賄いの良えゴキブリじゃ　（出水　興梠幸枝）

丸々太ったゴキブリ。一匹見れば百匹いると言われる。ただ、逃げ足は速いが後退はできないという。その辺に退治の秘策はないかと思うが……。

これが最後　開聞岳よいざさらば　（四方寄　小島高糊）

第二次大戦末期、鹿児島・知覧基地から多くの特攻兵が飛び立ち、南の海に散った。作者は鹿児島市の別の基地で飛行機を見送ったという。死を覚悟の特攻兵と、見送る人たちの胸中を去来するものは何だったろうか。戦争は残酷だ。

疲労こんぱい　鼾かきよる参考書
（山鹿　小水流繁富）

夏場は受験生にとって正念場。しかし受験生は勉強勉強で疲れ切っている。いまはいびきをかいてお休み中。たまにゃ昼寝もいいでしょう。

なァるほど　模範解答怪しまれ　（高森　後藤信子）

疑われやすいのは、試験の模範解答と完璧に見えるアリバイ。前者はカンニングを、後者はアリバイ工作を疑われるのだ。不正はやっぱりだめです。

弱ったなァ　帰省で気付く親の老い　（良　近藤豊子）

新型コロナの五類感染症移行でやっと帰省することができた。久しぶりに会う両親はめっきり老け込んでいた。その驚きが伝わってくる句だ。

ブラボー　孫の一歩に手ェ叩き　（八代　斉藤酔歩）

ブラボーは称賛の意味を込めて発する感嘆詞。孫が一歳になる頃、最初の一歩を歩いた。これには祖父母も手を叩いて喜ぶ。光景が目に見えるよう。

またぞう　頭のメガネ探しよる　（美里　坂崎すずらん）

メガネを頭に掛けたまま、「あれ、メガネはどこに置いたっけ」と探している光景。周りは「またか」と呆れ顔だが、共感を覚えた経験者も多いはず。

それ見ろ　それは切ったらいかん枝　（飛田　坂本飛雀）

「桜切る馬鹿、梅切らぬ馬鹿」ということわざがある。樹木の特性に合った世話をしろという戒めである。子供の教育にも当てはまりそうなことわざだ。

後回し　お客さんにも上中下　（愛知県　佐々木二世）

客商売からすればお客様は神様。しかし、客もいろいろ。対応に差をつけてはいけないが、心情的にはそういう気になることもあるかもしれない。

疲労こんぱい　特効薬は膝枕

（福岡県　佐藤水夢）

大事なプロジェクトに取り組むお父さん。疲れ切って帰宅。そんなとき疲れを癒してくれるのは、愛する妻の膝枕と子の寝顔だろう。

こそばいか　足に甘ゆる湯島猫

（新大江　佐藤進）

上天草市の沖に浮かぶ湯島は猫の島として知られる。島の猫たちはとても人懐っこい。猫好きの人は、一度は行ってみらニャンですね。

秋深し　太ると困る迷い箸　（画図　佐藤宏子）

食欲の秋。何を食べてもおいしい季節だ。しかし、ダイエット中の人には、食べ過ぎは大敵だ。箸は食べ物の上を行ったり来たりしている。

たまがった　保育園から塾通い　（甲佐　志垣光）

保育園から塾通いとは驚きだが、子供の教育は早い方がいいということか。将来いい会社、いい職業に就かせるためだろうが、子供たちも大変だ。

どうろこうろ　ただ不器用に生きて来た　（花立　重岡開）

自らの人生を振り返って、不器用に、愚直に生きてきた人生だった、と句は言っている。不知火会の月例会で二人の選者が天に採った〝両天〟の句。

味の良さ　産地わが庭腕は妻

（御幸笛田　柴田一正）

採れた野菜はわが家の庭、料理したのはわが妻。自家製の野菜の味と妻の料理の腕を褒めている場面。ほのぼのとした家庭の風景が目に浮かぶ。

違います　帰りの道が同じだけ

（清水本　清）

女性が夜道を帰宅中。駅からずっと男性の足音が付いてくる。ストーカーか。思い切って「何かご用ですか」。すると男性は「私も同じ方向です」。

腹ン立つ　愚妻てち紹介さした

（宇城　清水流石）

愚妻は通常、夫が妻を紹介する時に謙遜して使う言葉。「愚かな妻」と言われ奥様が怒っているが、でも「賢い妻です」とも言えないでしょう。

良ェ覚悟　ペン一本で立ち向かい　（水前寺公園　下田民子）

ペンは剣より強しという。それはペンが強いのではなく、後ろに国民の知る権利があるからだ。ペンで生きる人は、勇気と覚悟をもって権力に立ち向かってほしい。

任せとけ　秘書がちゃーんと罪被る　（清水新地　下野落椿）

政治家が自分の不始末を秘書におわしかける。秘書のせいにして逃げ切った例を我々は見てきた。政治家にとって秘書とは便利なものらしい。

首ふって　我が道進む子は宝　（御船　下山千恵）

進路について親と子の意見が異なった。ここは子が親の意思に首を振って自分の意思を貫いたところ。わが子ならそんな子にあっぱれをあげたい。

こそこそと　会食抜けるホタル族　（宇土　釈浄鏡）

ホタル族とは愛煙家のこと。宴の途中で一人抜け、二人抜けして喫煙場所へ行く。そこで二、三本まとめ吸いして席に戻る。愛煙家も大変だ。

気の利いて　卒業式にバスタオル　（山鹿　酒楽笑）

卒業式に涙はつきもの。あふれる涙はハンカチじゃ間に合わん、いっそバスタオルを持っていけという。ハンカチからバスタオルへの飛躍が面白い。

異議あり　ほ一杯ァ看て蚊帳の外　（和水　庄山道草）

義父母を介護して、看取った嫁。しかし、相続の段になると、相続の権利がないという理由でのけ者に。せめてねぎらいの一つもほしいところだ。

ゆくゆくは　土俵にゃ金の埋まっとる　（八代　進梅陽）

元横綱の初代若乃花は「強くなれば土俵の下には欲しいものが埋まっている」と言った。大関、横綱を目指す若手力士へのハッパで、名言だ。

口下手　ペン持たすっと酔わせきる　（九品寺　出納蝶花）

喋らせると言語不明瞭、意味不明の人がいる。ところが文章を書かせると読む人を魅了してしまう。リズミカルな文体で、一字もむだがないのだ。

一寸先は闇　つこけながらも生きてきた　（二本木　杉山月幼）

先々何が起こるか分からないのが人生。順風もあれば雨風に足をとられることもあろう。転んだりしながらも何とか生きてきたと振り返っている。

じきたくり　あの訛りなら同郷ぞ　（龍田　高井龍狂）

東京在住の頃、山手線の中で熊本弁を話す中年男性が数人。聞けば熊本から来たと言い、しばし熊本弁で盛り上がった。ふるさとってうれしいなぁ。

あの手この手　マドンナのポチ手なずけち　（玉名　高尾鳴峰）

〝将を射んと欲すれば先ず馬を射よ〟と言う。マドンナへのアプローチは、まずかわいがっているポチを手なずけることから始めようという作戦。

善は急げ　禁酒の前に飲み納め　（菊池　高倉新米）

医師から禁酒の指示があった。酒好きの身にはつらいご託宣だが、命には代えられない。よし明日から酒は止めよう、今日はその飲み納めといくか。

ごゆっくり　座布団は無しお茶も出ん　（熊本西原　高嶋幸恵）

「ゆっくりして」と言葉はあったが、座布団もお茶も出てこない。歓迎されていないのだ。ここは「用事を思い出した」と辞去するのが正解。

てっぺん　忖度したり諂でたり　（水前寺　高田おちょこ）

権力の座を守ろうとするトップ。長くなると取り巻きはイエスマンが増える。一方、忖度や諂ですり寄る部下たち。人間の本性が垣間見える句。

じゃあね　後ろ引かれる髪も無か　（八代　高橋つぐみ）

「後ろ髪引く」は後に心が残るという意味。切ない別れの際に使われるが、年を重ねて頭髪が薄くなり、引かれる後ろ髪も無いというジョーク。

味の良さ　癖になりそなぼたん鍋

（山鹿　竹下賀松）

ぼたん鍋はイノシシの肉を使った鍋料理。味噌仕立てでいただくが、煮込むほど肉は柔らかくなる。作者ならずとも、一度食べればはまる味だ。

約束しよう　やさしいパパのお嫁ちゃん

（美里　田嶋いろは）

4歳の娘はパパが大好き。口ぐせは「大きくなったらパパのお嫁さんになる」。無邪気な我が子に目を細めるパパ。娘が嫁に行く時は涙が止まるまい。

老化現象　胸迫る望郷の念

（静岡県　田代球舟）

作者は八代を離れて五十数年。年齢を重ねるごとに望郷の思いは強まるという。故郷は遠くにありてこそ懐かしく、有難いものかもしれない。

一二の三　最初はみんな平だった

（菊陽　立場久雄）

社長も部下も平社員も生まれた時はみな赤ちゃん。横一線だ。新入社員も最初はみんな平。一二の三でスタートして少しずつ差がついていくのだ。

頼りなさ　まだ外されん補助車

（平成　田中壮明）

幼児が補助車輪付きの自転車で練習を始めた。まだハンドルがふらつき、補助車輪が外れるまでもう少し時間がかかりそう。ほほえましい光景だ。

一人ぼっち　貧乏すっとみな他人

（菊池　田中孝幸）

金のある所には人が集まってくる。金がないと人は離れていく。世の習いとはいえ人の心は現金なもの。でも金がなければないで気楽なものだ。

まあまあ　二匹釣れたら大漁だ

（四方寄　田中文志）

普通なら一、二匹では満足せず、クーラーいっぱい釣りたがるもの。一、二匹で大漁とは…。でも水産資源保護の上ではいいことだろう。

居座って　おばあちゃんいつ帰るとね

（山都　田上アヤ子）

祖母が孫に会いに来て滞在中。いつまで居るのか。そんな夫婦の会話を聞いた孫が直接祖母に聞きに来た場面か。お年寄りに心安らぐ場所は？

新生活　嫁御以外は通販で　（大津　田上どん根）

通販での物品購入が花盛り。でも奥さんだけは通販というわけにはいかない。結婚相手は自分の目で確かめることが大事なことは言うまでもない。

上ン空　席替えが勉強させせん　（菊池　辻弘喜）

新学期は席替えの季節。「隣に誰が座るか」に関心が集まる。何と、憧れのマドンナがきた。もう有頂天で、勉強も手につかない有り様である。

おろよか　真っすぐ飛ばんこのクラブ　（玉名　辻弘）

ゴルフは真っすぐ飛ばすのが基本。真っすぐ行かないのは打ち方が悪いからでしょう。それをクラブのせいにしますか。気持ちは分かりますが……。

異議あり　なぜ地方票軽んじる　（天草　鶴田功）

衆議院の小選挙区。東京は令和四年（二〇二二）末施行の法改正で二十五から三十に増加。熊本は四。一票の重さに差はないのは分かるが……。地方の声は届くのか。

きつかねぇ　想い出も皆泥の中　（美里　遠山千鶴）

水害は私たちの生活のすべてを奪っていく。大事な思い出であるアルバムや手紙類も。思い出が泥水に飲み込まれてしまうのはつらいことだ。

こそこそと　残業しよるシュレッダー　（黒髪　徳尾芳道）

他人には見せられない秘密文書か、もしくは私的な書類・印刷物か。これらはみんなが帰った後処分するしかない。情景が見えるような句だ。

筆まめ　おめくと声で届くとに　（玉名　徳川りゆ子）

玄関先に泥つきの野菜。メモ紙でお隣の奥さんからと分かった。さっそく礼状をしたため投函。声で礼を言える距離だが、そこが筆まめの本領だ。

気にかかる　指輪の跡の新しさ　（八反田　徳永道典）

指輪を抜いた跡の指の白さがまぶしい。漂う色香が、気にかかって男の心を揺さぶる。なんだか演歌の世界を想像させるような句。

こそばいか　弔辞が棺笑わする　（美里　砥用あきら）

告別式の弔辞の場面。友人が読み上げている。生前の故人をあまりに褒めすぎるため棺が思わず吹き出すという句。死者に笑わせるところがミソ。

春雨に　バラ一輪のあざやかさ　（山鹿　鳥巣万年青）

赤、白、黄色、紫など色も多彩なバラ。華やかで豪華な花は〝花の女王〟と呼ぶにふさわしい。雨に打たれたバラはまた一段と風情がある。

差のついて　歌番組に切り替ゆう　（美里　長井なでし子）

野球かサッカーのテレビ観戦中だろう。ひいきチームがこてんぱんにやられ面白くない。怒りのはけ口が、歌番組へのチャンネル切り替えか。

今年どま　尻の下から逃れちゃあ　（弓削　永池三知夫）

素直に読めば、いままで妻の尻に敷かれてきたが、今年は脱出してみせるという句。ご主人の心意気みたいに見えるが、実際は逆の場合もある。真相がどこにあるか、分からないところが狂句の面白さ。

気の利いて　ガスは空き巣が消しとった

（山鹿　長瀬狂介）

留守中に空き巣が入ったらしい。「ガスがついていたので消しときました。代金をいただいて帰ります」とメモ紙が。怒るべきか、感謝すべきか。

見かけ倒し　鑑定額は二千円

（戸島西　永田明紘）

「開運！　なんでも鑑定団」というテレビ番組がある。本物のはずが偽物でたった二千円、逆にまさかと思っていた物に破格の値がつく。その落差が面白い。

見舞いがてら　外に連れ出す車椅子

（花立　永田精山）

今日は気持ちのいい小春日和。施設の母を見舞いに来た息子が、車いすに乗せて散歩に連れ出した場面。こんなうれしそうな母の顔は久しぶりだ。

一歩ずつ　婆ァばて言うた電話口　（山鹿　長野お節）

外孫の成長は早い。ちょっと見ぬ間に「ハイハイ」から歩行へ。言葉も覚え、電話口で「婆ァば」と言った。これにはおばあちゃんの方が感激だ。

申し上げます　黒く塗らんで見せなっせ　（合志　中原松雪）

役所は情報公開の大事さを言いながら、出してきた情報はのり弁さながらの真っ黒け。公文書の廃棄、改ざんなどもあり、国民は怒っている。

ちまちまと　汁の豆腐も小もうなり　（玉名　中原太顔）

諸物価の値上がりはすさまじい。生活防衛のためか、みそ汁の具の豆腐も小さくなってしまった。人間の考え方も行動も縮こまっていくようだ。

遠かなぁ　はとこの嫁の姪てたい　（春日　長松好魚）

選挙の時強いのは親戚の票。はとこの嫁の姪では遠すぎて、もう他人同然だが、それでも一票を求めて頼って来る。発想の面白さが際立つ。

物足らん　ガミガミ言わん老いた母　（美里　長松好孫）

ふだんは優しいけど、間違ったことを叱る時の母は厳しく、怖かった。そんな母も老いてガミガミ言わなくなった。それもまた寂しいものだ。

ごちそうさま　ようよ乳首も離さした　（春日　長松純米）

赤ん坊は母の顔を時折見ながら安心しきった表情で乳を飲む。満腹したら眠りにつく。母親にとっても我が子との絆を実感する瞬間だろう。

任せとけ　卵焼きならつくりきる　（富合　長松小一）

作者は七歳の小学一年生。熊日の狂句欄では最年少だろう。狂句愛好者のお父さんの影響で作ったという。素直な気持ちが出てていい。

熱帯夜　シーツに俺ルの型のある　（春日　長松美鶴）

誇張は狂句の身上だ。熱帯夜は寝苦しい。寝汗で人型がつくとはややオーバーだが、誇張の許容範囲だろう。それほど熊本の夏は暑いということ。

ええころ加減　客と飲みよるバイト生　（富合　長松麺好）

スナックのアルバイト生。ママが出勤したらお客さんと酒盛り中。相当に酔っていてもう仕事にならない。たしなめると「売り上げに協力中です」。

後回し　もう満タンの流し台　（秋津　中村勝子）

炊事は作って食べるまではいいが、片付けが大変。先送りすると掲句のような光景になるのだ。句は何事もその都度済ませることが大事と訴えている。

あきれた　三つ児相手に本気出し　（美里　中本茶々）

三歳の孫と遊んでいたおじいちゃん。いつのまにか夢中になり、ゲームで負けそうになるともう本気丸出し。どっちが三歳児か分かりません。

ちんちろ舞い　いっとき電話はずしとけ　（室園　名川芳子）

書き入れ時、店は大忙し。もうこれ以上注文を受けても応じきれない。顧客には申し訳ないが、しばらく受話器は上げたままにしとかんか。

ええ眺め　速度落とした粋な汽車

（良　成松久雄）

ローカル線では絶景の場所に来ると列車の速度を落とし、車内アナウンスで案内もある。うれしいサービスだ。速いだけがサービスじゃない。

日の暮れて　飲もか囲もか戻ろうか

（八景水谷　鳴神景勝）

昭和の時代。サラリーマンの夕方の会話。仕事が終わり残業もない。さあどうする。飲みに行くか、マージャンにするか。三つ目の選択肢は形だけ。

やせ我慢　熱かて言えんもらい風呂　（荒尾　西川としお）

もらい風呂は、よその家に風呂を借りに行くこと。遠慮もあり、風呂が熱くても言い出せない時も。内風呂が十分でなかった頃の懐かしい光景。

あれよあれよ　値上げの波は音のせん　（城南　西恭介）

狂句は世相を映し出す鏡だ。物価値上げの句が急増しているのも、昨今の世相の表れか。今回の値上げの波は音もなく一気に来たような気がする。

今さら　煙と消えたたばこ銭　（長洲　西林一粋）

禁煙は難しい。喫煙歴三十年として煙に消えたたばこ銭を計算すると、数百万円に。車だって買えたはず。悔やみながら手はもう次のたばこ。

二人三脚　沖でがまだす夫婦船

（天草　西村桂）

夫婦で漁に出て、魚を獲る。美しく、ほのぼのとした光景である。沿岸漁業では夫婦など家族で漁に出るケースもある。願いは無事故と大漁だ。

若う無ァ　つい目が留まるシニア欄

（砂原　西山りんご）

高齢者の関心事は病気、年金、孫自慢という。新聞紙面ではそれに趣味の欄やシニアのページにも目が行く。老後を生きる参考にしたいのだ。

冷え切って　愛犬だけがお出迎え

（和水　二瀬豊子）

お父さんは今日も午前様。誰も迎えてはくれない。あくしゃ打たれているのだ。尻尾振るのは愛犬のポチだけ。今夜はお前とここで一緒に寝るか。

気の利いて　社長の組にゃ飛ばん奴

（菊池　野口都志郎）

社内のゴルフコンペ。幹事の悩みは社長の組に誰を入れるか。「飛びすぎて社長に恥をかかせないよう下手な奴を入れよう」。これぞ究極の忖度だ。

差のついて　同期にハンコ貰わなん

（龍田弓削　野口明球）

会社の同期は、仲間でありライバルでもある。時間がたてば上司と部下になり、決裁印を貰うことに。屈辱だが、競争社会ではあり得ること。

気の利いて　あとぜきもさす自動ドア

（玉名　橋本桂子）

あとぜきは、出入りした後ドアや障子を閉めること。県外の人には最も分かりにくい熊本弁だ。当たり前のことを面白い句にするのも狂句の魅力。

お偉いさん　自叙伝見たら苦労人

（二本木　橋本芳孫）

大成された人の自叙伝を読めば、意外な苦労人と分かった。人は表面では分からない。過去の苦労を感じさせないところが本当の苦労人だろう。

テレビの前で　ここはバントとおめく父

（戸島西　馬場秀敏）

プロ野球中継を見て次第にゲームにのめり込んでいくお父さん。チャンスの場面で「ここはバントだ」と叫ぶ。こんなテレビ観戦もあっていい。

久しぶり　柱のキズも待っとった

（宇土　浜田かつ代）

「柱のキズはおととしの…」は「せいくらべ」という童謡。柱のキズは子供たちの成長の記録である。今度は孫たちの成長の記録になるはずだ。

男ひとり　料理の本が手放せん　（宇城　濱田國多佳）

一人暮らしの男性が困るのは食事。自炊を始めたが、料理作りで台所に立った経験はない。慣れない手つきで料理本を見ながらの悪戦苦闘が続く。

ままならん　親のレールは歩かん子　（御船　林田実花）

子供にはこんな道を歩んでと親は願う。しかし、子供がその通り歩むとは限らない。ここは、自分の人生は自分でという子供の意思を尊重したい。

ばってんが　母は晩成信じとる　（横手　原太平）

早熟型に対し、年をとってから大成するのを晩成型という。なかなか芽が出ない我が子を応援し続ける母親。晩成を信じて待つ母の愛は深い。

腐れ縁　どっちが弔辞読むどうか

（八代　原田はじめ）

お互い「お前の弔辞は俺が読む」と決めている。生き残った方が読むことになる。腐れ縁といっているが、信頼関係に結ばれた竹馬の友だろう。

凄いねェ　友を囮に掛ける鮎

（御領　バラちゃん）

アユは縄張り意識が強い。この習性を利用するのがアユの友釣り。おとりのアユが接近すると、アユはこれを追い払おうとして針に掛かるのだ。

腹ン立つ　めんめんに来る朝ご飯

（美里　日方けん子）

「朝ご飯よ」とお母さんの声。ところが、夫、娘、息子と時間差でやって来る。そのつど対応するお母さんは大変だ。つい「みんな一緒に来てよ」。

むぞうなげ　子だくさんでも孤独の死

（天草　土黒安雄）

子供はいても孤独な最期を迎える高齢者もいる。最後まで親に寄り添う子、生前は寄り付かず相続協議には一番乗りの子も。子供もいろいろだ。

また値上げ　贅沢は年金日だけ

（甲佐　日高美里）

昨今の物価上昇はすさまじい。年金生活者は大変だ。そうした中で、せめて年金日だけでも贅沢したいと願うのは庶民の率直な気持ちだろう。

眠られん　大洪水の夢ばかり

（人吉　日當山岳）

作者は球磨村の人。令和二年（二〇二〇）七月の球磨川流域水害で二階まで水が来て、間一髪のところで救助された。今も夢に見るというのも無理からぬことか。

横着な　俺ェ黒石持てて言う　（熊本西原　平井正之）

囲碁では棋力の劣る方が黒石を持ち先手を打つ。黒石を持てということは格下に見られたわけ。コテンパンにやっつけて実力を見せつけてやればいい。

人遠か　近所づきあいしてはいよ　（甲佐　平井やよい）

大都会ならともかく、地方ではまだ隣近所の付き合いはある。それが苦手な人もいるらしいが、せめて近所付き合いくらいはしてよと句は訴える。

しょのむな　たまには下も見てみんか　（近見　平川幼拙）

自分に無いものを持つ人を見るとうらやましさが先に立つ。上を見ればきりがない、たまには下を見ろと句は言う。しょのむ気持ちも薄れるはずだ。

日の暮れて　田舎暮らしも鍵のいる　（美里　平野すもも）

田舎では外出の時など鍵をかける習慣はあまりなかったようだが、最近は施錠するようになったらしい。物騒な世の中、戸締りはきちんとしたい。

いらん世話　散歩してたら乗れて言う　（南小国　平野康則）

散歩する人は多い。途中、車で通りかかった知人。ご親切にも「乗って行かんね」。「健康のため歩いているから」と丁重にお断り。面白い句。

いい気分　絶景は登山の褒美　（琴平　廣瀬一舟）

登山の魅力は山頂にたどりついた時の達成感と、頂上からの素晴らしい眺めだろう。絶景の眺望は苦労しながら登ったことへのご褒美といっていい。

若う無ァ　もしもの時の覚書　（甲佐　広田みどり）

訃報の連絡先、預貯金や生命保険など、本人しか分からないことは多い。「もしも」はない方がいいが、万が一に備えメモを残しておくといい。

折角なら　棟上げもしゅうポチの家　（八代　廣野香代子）

ポチの新居もいよいよ棟上げを迎え、完成間近。午前様でお帰りのお父さんには一夜の宿にもなる家。ここはみんなで棟上げのお祝いをしよう。

久しぶり　赤子の声のする隣保　（合志　福田遊心）

近所に赤ん坊が生まれたらしい。泣き声が聞こえて来る。赤子だけでなく子供の声は地域に元気をもたらしてくれる。少子化時代らしい句だ。

帰り道　励ます城に励まされ　（山鹿　藤本白扇）

熊本城は県民の誇り。平成二十八年（二〇一六）の熊本地震で痛々しい姿に。「がんばれよ」と励ます県民に、「ともにがんばろう」と逆に励ましてくれるのだ。

久しぶり　隣の人とご挨拶　（武蔵ケ丘　古家流鶯）

「お久しぶりです」と隣人とあいさつしている場面。極端な例だろうが、近隣関係が希薄になったいま、あり得ることかもしれない。面白い句。

なァるほど　納得できる不合格　（菊陽　古川真秀子）

故野村克也監督の名言に「負けに不思議の負けなし」というのがある。負けるべくして負けたということ。この句も同じで、不合格は力不足に尽きる。

じゃあね　見送る母の目に涙

（高森　古木えつほ）

こんな句を読むと、亡き母を思い出して胸が熱くなる。里帰りして帰るとき、「もう帰るのかい」「今度はいつ来るかい」が母の口ぐせだった。

忘れとる　返さんならばもう貸さん　（戸坂　本田恵天）

金を借りる時は土下座までしたのに、借りてしまえば知らんぷり。その金を返しもせんでまた借りに来た。厚かましさの二重奏だ。

好きだった　かばってくれたガキ大将　（荒尾　前川幸子）

子供の頃、いじめっ子からいじめられているところをかばってくれたガキ大将の彼。そんな男気のある彼が好きだった。遠い日の淡い思い出だ。

若う無ァ　一升瓶のでェのある　（御船　増永笑和）

「でェ」は価値がある、長持ちするの意。若い頃は一晩で一升瓶を空けた。それがどうか。今はお湯割り一杯で高いびき。老いを実感する時だ。

悪いねぇ　これで決まりだ王手飛車

（天草　松田駄賃）

いつものヘボ将棋。今日は優勢に展開していたが、敵の王手飛車にひっかかり形勢は一気に逆転。鼻をぴくぴくさせて得意げな敵の顔が憎たらしい。

横着な　足で揃ゆる客の靴

（美里　松永おても）

玄関に脱ぎ散らかした履物が散乱。片づけにかかったが、誰も見ていないので横着にも足で寄せ集めている。やはり腰を落として手で揃えたい。

こそこそと　口のまわりに証拠品

（津奈木　松永邦陽）

「ここに置いてたおはぎ知らない？」。犯人はすぐ判明した。口の周りについたあんこが証拠だった。甘党の多い家庭ではこんなこともある。

イヤねぇ　腹ばかり見る里帰り　（美里　松永主水）

里帰りしたのは娘か。お腹を見ているのは親だろう。孫の誕生を待ちかねているのだ。でも本人にはプレッシャーになるからそっとしておきたい。

Lサイズ　防犯用に置いた靴　（画図　丸山圭子）

玄関に大きな靴を並べておくと防犯対策になる。侵入盗は何も取らずに逃げ出すだろう。防犯カメラ設置の張り紙や柔道着を干しておくのも効果的。

困ったもん　法定以下じゃあおらるる　（玉名　満作）

法定速度で走っていてあおられてはたまらない。あおり運転は罰則が厳しくなっているが、全国的に相変わらず後を絶たない。困ったものだ。

選りどり見どり　良かつかる取る形見分け

（菊池　水谷ミネ）

故人が愛用した品を親戚や友人に分けるのが形見分け。受け取った人がその品を使って故人との思い出を共有すれば、故人も泉下で喜ぶだろう。

ままならん　意中の人は姉の方

（黒髪　光澤恵子）

長身でイケメンの彼に女性はぞっこん。ところが彼の意中の人は自分じゃなく姉の方。姉には別に決まった彼がいる。世の中ままならんねぇ。

たった今　目出度く孫の出来ました

（甲佐　光永六）

やっと孫ができました―。待ち望んだ初孫が出来た時の喜びが付け句にあふれている。孫の存在は祖父母にとって何よりの宝物といっていい。

ええ眺め　議長じゃなかと味わえん　（菊池　光堀善教）

国会も地方議会も議長席は高い位置にあり、全議席が見渡せる。議員になったら一度は座ってみたいイス。議長としての満足感が表れた句。

しょのむな　笑顔は君がうんと上　（山鹿　宮川ホメ子）

姿ではライバルにかなわないと思っている女性。彼女のそんなつぶやきに同僚が「笑顔なら君がうんと上」と励ます場面。笑顔に勝る財産はない。

どっちもどっち　欲があるから騙さるる　（八代　宮部どぼん）

人をだまして金品を巻き上げることは悪い。ただ欲を出してだまされる被害者の方にも責任の一端はある。昨今の特殊詐欺にはくれぐれもご用心。

後回し　メダカが先ィ餌もらい　（山鹿　宮本和子）

食事は旦那が先か、メダカが先か。新婚の頃ならもちろん旦那。しかし歳を重ねた今はメダカが先。旦那はメダカ以下になったのか。トホホ……。

うっとり　モナリザの前動かない　（宇城　宮本秀規）

モナリザの絵の魅力だろう。しばらく絵に見とれ、足が動かない。そして自分が動けば、モナリザの目が追いかけて来る錯覚に陥るのもすごい。

かねてから　踏む位置変えて計り乗る　（合志　村上昭子）

体重は百グラムでも減らしたいと思うのが人の常。体重計に乗る時、乗る場所を変えたり、片足で乗ったりする。結果は同じでもその気持ちがいじらしい。

こそこそと　慌てて画面スクロール　（小山　村上義直）

パソコン画面に向かっている。見ているのは会社の機密事項か、それとも個人的趣味の画面か。どっちにしろ見られたらまずいから変えるのだ。

甘ったれ　靴下どまァ我がで履け　（植木　村川姥桜）

上げ膳据え膳で育ったお坊ちゃまか。普段から自分では何もしない。本人より周りが悪いのだろう。せめて靴下ぐらいは自分で履けと言いたい。

ぽっかり　うれしいはずの親離れ　（山都　村手美保）

子供が結婚や就職で親元を巣立っていく。子供の巣立ちはうれしいことだが、半面、ぽっかり穴が開いたようで寂しさもある。微妙な親心が垣間見える。

心配すんな　次の洪水百年後

（清水新地　村山勝美）

最近、台風や大雨の時「百年に一度」という表現を聞く。これは言葉の綾《あや》であって、この後百年は大災害がないということではない。油断は禁物だ。

元気かい　ガキ大将も声細し

（天草　元ちゃん）

幼なじみが病の床に。見舞いに行ったら、か細い声で「ようきてくれた」と涙を流す。かつては親分肌のガキ大将だったが、その面影はもうない。

やせ我慢　喉から手ェが出入りする

（長嶺東　森山洋子）

「喉から手が出る」。どうしても欲しいことを例えたことわざだが実際に手が出てくるわけではない。手が出入りするという表現が面白い。

二度三度　まだ半額になっとらん　（合志　矢野島娘）

閉店間際に商品を値引きするタイムセールは、主婦の節約術の一つ。ここは半額になるのを待ってウロウロしている場面。情景が見えるよう。

汗じゅっくり　広い屋敷も良し悪し　（八代　山下マサ子）

豪邸を見るとうらやましい。でも冷静に考えると、庭の草取り、家の中の掃除、高額な固定資産税などどれも大変。だとすれば平凡も悪くない。

十八番　決めとるくせに選ぶふり　（山鹿　山田隆典）

カラオケの順番が近づいてくる。歌う曲はすでに決まっているのだが、曲探しのふりをする。カラオケ上手が素人っぽく見せる演技だろうか。

拍子抜け　辞表は直ぐに受理さした

人間関係のトラブルかなんかで辞表を出したらあっさり受理された。当然、慰留されるものと計算していたのに、思惑は完全に外れた格好。

（花立　山野竹林）

初詣　揃いの杖で願う無事

初詣に来た老夫婦。揃いの杖をついている。夫婦は「息災で一年が過ごせますように」と祈願する。お互いの無事が一番の願いなのだ。

（花立　山野風船）

真っ向勝負　どっちも国旗背負うとる

オリンピック。どちらも国の威信をかけた戦い。勝てば英雄、負ければ非難の的だろう。でも勝負は時の運、負けても胸を張って国に帰ってほしい。

（江津　やまの遊々）

立派なもん　卒寿の指でラインさす

（神奈川県　湯貫秀昭）

パソコンとかスマホを苦手とするお年寄りは多い。一方でうまく使いこなすお年寄りも。90歳でラインとかをてきぱきとこなすとは。尊敬します。

のさん　駐車するたび枠の外

（玉名　夢樹乃）

運転操作で駐車が苦手という人は多い。私も何べんも切り返すことがある。自動駐車システムの車も出ているが、やはり自力で駐車したい。

お気に入り　高田焼しか茶は飲まん

（神奈川県　横田東馬）

高田焼は八代市の焼き物。作者も同市出身の人。お茶飲む時も高田焼の湯飲みでしか飲まないという。故郷は生活の中に生きているのだ。

イヤねぇ　すっぴんなのにピンポーン　（神水本　吉田陽子）

すっぴんで人前に出たくないという女性心理を巧みに突いた句。そんな時インターホンが鳴る。来客か宅配便か。とにかく出なければなるまい。

隣は美人　垣根は低う揃えらす　（長嶺南　吉村博岳）

お隣に美人の奥さんが引っ越してきた。顔を合わせたらあいさつをするのが楽しみ。そのためには垣根は低くした方がいいという場面。

信じられん　もうスカウトのお出ましか　（荒尾　吉本五男）

プロ野球のスカウトは完成した選手より、今は粗削りでも磨けば光る原石を探すのが仕事だ。他球団に先駆け食い込みたい。

ちょっと失礼　次から通路側にしゅう　（益城　龍巧笑）

年を召してくるとトイレが近くなる。飛行機や新幹線で窓側に座った場合、そのたびに隣の人に迷惑をかける。次からは通路側の席を取ろうと決めた。

Lサイズ　どうし嬶ァに惚れたろか　（国府　笠三歩）

結婚した頃はスリムだった奥様も今は立派な体格に。こんな妻のどこに惚れたのかとつぶやく夫。でも奥様も、「なんでこんな夫に」と同じ思いだろう。お互いさまだ。ジャブの応酬はそのくらいで、末永くお幸せに。

一見さん　身なりの値踏みする女将

（湖東　渡辺浮舟）

初めての客に対しては身なりで判断しがち。しかし、人間の値打ちは外見では分からないもの。特に客商売なら、外見での判断は心したいものである。

拍子抜け　はりまや橋に行ってきた

（水前寺　渡部康雄）

高知のはりまや橋、札幌の時計台、長崎のオランダ坂を三大がっかりと言うらしい。でも、期待もがっかりも人間の言い草で、名所に罪はない。

自選句百章

あっさり　二日ともたん黙秘権

私祈ってます　お土産は無事が一番

心意気　見えんところも手ェ抜かん

さすがママ　下戸にもキープさせらした

したたかさ　秘書が秘書がで乗り切った

バッサリ　痛快に斬る評論家

元気はつらつ　亭主が逝ってからの妻

ひょくっと　きっと別れに来たっだろ

先細り　匠の技も途絶えそう

そるが曲者　約款の字は小ますぎる

悲しい酒　遺影は酌もしてくれん

テレビ好き　もういっぱしの評論家

生まれ変わって　来世も一緒になるて言う

落とし物　俺が俺がと落とし主

なめとらす　敵は補欠で固めとる

参観日　先生ばかり見とるパパ

電話口　舌打ちの声拾うとる

せーの　一歩が出らんかずら橋

なんさま　子どもの声がせん過疎地

しどろもどろ　えしれんとこできゃあ逢うて

若くない　飛べるつもりのじゅったんぼ
せからしか　儲かっとなら我がで買え
どうしたもんか　少子化止める策の無ァ
色づいて　頬まで染まる紅葉狩り
財布眺めて　無性に腹の立ってくる

いいじゃんか　大学だけが道じゃ無ァ

おろえェ　資質試験の要る議員

さすが奥さん　有るもんでするおもてなし

俺だって　シャチョウで通る夜の町

あの手この手　目覚まし三つスタンバイ

隣は美人　会費は二倍だってええ

待ってくれ　機体はもはや誘導路

新入社員　営業先へ母と行く

多かねぇ　更地が語る震度7

応 援 団　陰で支えた母と妻

丁度ええ　財産も借金も無ァ

まずい　路地に曲がってやり過ごす

至誠一貫　肥後人の気風にゃピタリ

おもむろに　みんな息のむ遺言書

残りわずか　肉に向かって箸が舞う

宝物　ずっと変わらん友が居る

助かった　おとしの底に電車賃

母ちゃんが　子供のけんかおっ盗らす

真 正 面　超ミニがまばたきさせん

あっぱれ　もっこすが無事勤め上げ

時の流れ　とんと見かけん草野球

おせち料理　作った母は終い風呂

臭ァもん　アリバイが完璧すぎる

ひそひそ話　客間に届く「並みで良か」

ありがたさ　食い切らんしこ送る母

元気かい　「どうろこうろ」て書く返事

徒然なか　がらんとなった子供部屋

苦労人　手柄は部下に分けらした

失礼な　特売場で見たなんて

委細承知　すべて墓場へ持っていく

ぽっかり　心の穴はペットロス

そるが宝　愚直に生きるしかでけん

いかんいかん　せき込みながら吸うたばこ

どっちもどっち　境界杭の行き来する

脱線して　授業はまぁだ奈良時代

自転車で　行商が振り出しだった

突然　二次会がなぜ我が家なの

凄いねェ　良か子ばかりの子沢山

ドンマイドンマイ　エラーした本人が言う

仲ん良さ　パジャマまでもがペアルック

頭に来る　身なりで客の品定め

歳は言わん　欲しかったつは君の腕

あどるなァ　覚えちゃおらんパスワード

うっさめて　あばたに見えてきたえくぼ

影と二人　寄り添う影の欲しかねぇ

遅くない　学びの道に時期は無ァ
ドキッ　医者が一瞬口ごもる
ほんに好き　カレーなら三食でも可
ここで一発　気持ちはすでにお立ち台
どうなるもねろ　往きの成田でもうケンカ

馬鹿らしか　下戸にゃ一品増やさんか

ドラフト　順位通りじゃ無ァその後

変な泥棒　窓の修理費置いてある

二位じゃ駄目　てっぺんと景色が違う

切羽詰まって　玉で王手てあるかいた

遠かなァ　部長のイスはそこなのに
ぬけさくが　指紋べたべた残しとる
熱中して　まぁだ気付かん千日手
のらりくらり　良か答弁て褒めらるる
下手な嘘　傍聴席に出る笑い

世の習い　末は哀れな独裁者

夢のごたる　書斎の付いたマイホーム

念入れて　三つ受けとるすべり止め

用意周到　見抜けんだった仲間割れ

うなだれて　牛は行く先気づいとる

日向ぼっこ　至福の時がここにゃある
ムッ　安物ンばかり勧めらす
無理と知りつつ　裏口探す親心
やおいかん　どうやって地球冷やそか
勿体無ァ　だれも使わん歩道橋

ガクッ　俺の名が無ァ遺言書

腹ン立つ　顧客名簿と消えた弟子

社長も人の子　たまにゃ朝寝もしたかろう

おいおい　ボギーじゃなくてダボだろう

戻らなん　ここはあああたの家ですよ

おわりに

私はふとんに入って寝る時に句を作ることが多い。ところが起きているうちに句ができた記憶がない。自嘲気味に作った句が「能無しが　句はでけんままもう寝とる」。私にとって句作りは睡眠薬代わりなのだ。おかげで今のところ快眠が得られている。句づくりは楽しい。それが生きる力にもなっている。こんな状態をずっと続けていければというのが今の願いだ。

ただ元気とは言っても八十代にもなれば体力も気力も根気も衰退する。いまやっと句集の上梓にこぎつけることができて、ホッとしている。念願の句集だ。ひとりでも多くの人に目を通していただければうれしい。

最後に本書の刊行に当たって編集全般にご尽力いただいた熊日出版の田中和愛さん、イラストを担当した同社の満田泰子さん、資料提供などにご協力いただいた肥後狂句連盟の橋本芳孫会長はじめ役員の方々、寄稿原稿の転載にご理解いただいた関係機関に心よりお礼を申し上げます。

野方　鈍牛

◎ 野方　鈍牛（のがた・どんぎゅう）氏　略歴

本名は野方　正治（のがた・まさじ）。雅号は鈍牛。昭和19年1月、宇城市松橋町の生まれ。下益城西部中（現松橋中）、熊本高、早稲田大学法学部卒。昭和42年4月、熊本日日新聞社に記者として入社。主に社会部で事件記者として活動。社会部長、販売局長、東京支社長などを歴任、平成20年常務取締役で熊日を退任。引き続き、エフエム熊本代表取締役社長に就任、平成26年6月に退任した。平成28年4月から令和4年4月まで肥後狂句連盟会長。令和6年9月現在、肥後狂句連盟顧問、熊本県文化協会理事のほか、NHK「クマロク！」の肥後狂句コーナーの選者、熊本市中央公民館肥後狂句講座の講師などを務めている。令和6年度熊本県芸術功労者受賞。

鈍牛の肥後狂句三昧

発行日　2024（令和6）年12月31日

著　者　野方鈍牛

発　行　熊本日日新聞社

制作・発売　熊日出版（熊日サービス開発株式会社）
〒860-0827 熊本県熊本市中央区世安1－5－1
TEL096(361)3274　FAX096(361)3249
https://www.kumanichi-sv.co.jp/books/

装　丁　臺信デザイン事務所

印　刷　シモダ印刷株式会社

ISBN978-4-87755-668-6　C0092